Annika Blanke und Cathrin Bleeker

Mal was anderes

Für Johanna,
mit literarischen Grüßen
von der Frankfurter Buchmesse!
Annika Blanke
15/10/11

Die Autorinnen

Annika Blanke, Jahrgang 1984.
Sie wohnt in Leer/Loga, schreibt, seit „sie schreiben kann", Kurzgeschichten und seit dem fünfzehnten Lebensjahr auch Lyrik.

Cathrin Bleeker, Jahrgang 1982.
Sie wohnt in Esklum bei Leer und schreibt seit ihrem vierzehnten Lebensjahr Lyriktexte.

Mal was anderes
ist von beiden Autorinnen die Erstveröffentlichung. Hierin beschäftigen sie sich mit Alltagslyrik. In kurzen, aber ausgereiften Texten sagen sie eine Menge über Empfindungen und Situationen des alltäglichen Lebens aus. Ein Lyrikband zum Nachdenken, aber auch zum Verschenken, der Liebe wegen.

Gewidmet allen,
die sich in diesem Buch wieder erkennen.

Es ist schon so: Die Fragen sind es,
aus denen das, was bleibt, entsteht.
Denkt an die Frage jenes Kindes:
„Was tut der Wind, wenn er nicht weht?"

Erich Kästner, „Sokrates zugeeignet"

ISBN 3-935083-14-9

Hebus-Verlag
Inh. Helga Buß-Saathoff
26789 Leer

Druck: J. Sollermann
26789 Leer

Annika Blanke und Cathrin Bleeker

Mal was Schönes

Der kleine Prinz ging, die Rosen wiederzusehn:
„Ihr gleicht meiner Rose gar nicht, ihr seid noch nichts“, sagte er zu ihnen. „Niemand hat sich euch vertraut gemacht und auch ihr habt euch niemandem vertraut gemacht. Ihr seid, wie mein Fuchs war. Der war nichts als ein Fuchs wie hunderttausend andere. Aber ich habe ihn zu meinem Freund gemacht, und jetzt ist er einzig in der Welt.“

Antoine de Saint-Exupéry, „Der kleine Prinz“

Mit den Wolken fliegen

Mit den Wolken fliegen
über Felder in die Weite,
über Meere immer fort!
Ohne Konstruktionen,
im Kopf ganz frei sein.
Ein Hauch von Wind und Wasser
an der Haut spüren.
Der Freiheit tanzend entgegen,
fliegen ohne Unterlass.

Zeigen verstecken

Zeigen verstecken,
den Anderen necken,
Gefühle wecken.

Ganz klar,
fürwahr,
ist oft wunderbar.

Gemeinsam
im Arm
ohne Gram.

Das Denken
sich schenken,
Kopf nicht verrenken.

Etwas sagen,
von Tagen
getragen.

Ein Herz der Liebe

Ein Herz der Liebe,
eine kleine Zärtlichkeit,
ein Gefühl für Stunden,
eine Vibration des Körpers.

Ein Augenzwinkern,
ein Lächeln auf den Lippen,
ein Mund auf den Mund,
eine Wärme des Glücks.

Eine Hand als Zeichen,
ein Kuss des Vertrauens,
ein Gefühl so schön,
eine innige Liebe!

Höher, immer weiter

Höher, immer weiter
kommt der Reiter
in die Lüfte,
drumherum die Düfte.
Kreisen und drehen
Die Welt verstehen.
Fliegen der Pferde,
eine kleine Herde
suselt im Bauch.
Bei dir auch?

Sagen reden

Sagen reden
denken meinen
den Ton angeben
sich vereinen.

Lachen Freude
Tränen Spaß
Melodiegebäude
Herz im Bass.

Schwer tragen
leicht heben
sich nur wagen
Gefühle haben.

Aufgewachte Stille

Aufgewachte Stille
in abendlicher Sonne
unter hellem Mond.
Ein lauter Schrei
durchdringt den Körper
zitternd, jubelnd, glücklich.
Nach oben greifend,
hoch hinauf schauend,
abgelöst vom Irdischen.
Nicht wissen, was kommt,
sich gehen lassen,
das Glück in der Hand.

Im richtigen Moment

Nicht festklammern,
sondern
loslassen können
ist der größte Dienst
den man manchem
Freund
erweisen kann.

Im richtigen
Moment.

Ein guter Jahrgang

Empfehlung des Tages:
junge Menschen,
Jahrgang X.
Interessiert,
mit einiger Lern-
aber mehr Lebenserfahrung.
Aufmerksam,
lernfähig und lebenswillig,
dazu kritisch,
aber doch optimistisch.

Wohl bekomm's!

Von zwei Seiten

für meine Wegweiserin E. B.

„Bis an den Horizont und weiter“,
möchte ich sagen.
Doch du hältst mich zurück.
„Man muss die Dinge immer
von zwei Seiten sehen“,
sagst du lächelnd.
Und ich danke dir.
Denn sonst würde ich vor lauter
Wolkenkratzern
manch verwinkelte Gasse
übersehen.

Nun gut,
ich bleibe zwar etwas länger,
aber sehenswert ist das, was ich sehe,
allemal.

Gerade jetzt

„Warum muss auch immer alles einen Nutzen haben?“
fragst du und schaust mich fragend an.
Ich antworte nicht, lächle dich an,
schaue in den Himmel.

Die Zeit ist stehen geblieben.
Eine Umarmung, eine Berührung,
sich einfach gehen lassen.
Wir beide.
Du und ich.
Zusammen.
Dein warmer Atem auf meiner Haut.
Ich schließe die Augen, höre dir zu.
Bis es still wird.

„Bin gleich wieder da.“
Du stehst auf und gehst.
Gerade jetzt.
Wo du mir doch so schön
von Nutzen
warst.

Lichtblick...

Lichtblicke sind schön.
Konzentrierter, geballter Optimismus.
Und lauthals forderst du ein Prisma.
Wärmende Strahlen, Lust auf mehr.
Doch auf Sonnenschein folgt Dunkelheit...
... drum lasse dich nicht blenden.

Aber Sonnenbrillen sind rar.
Wer wird dir eine verkaufen?

Und zu welchem Preis?

Annika Blanke und Cathrin Bleeker

Mal weiter gehen

„Das Pergament, ist das der heil'ge Bronnen,
woraus ein Trunk den Durst auf ewig stillt?
Erquickung hast du nicht gewonnen,
wenn sie dir nicht aus eigner Seele quillt."

Johann Wolfgang von Goethe, „Faust I"

dafür/dagegen

Sicher, es ist einfacher zu sagen,
wogegen
man ist.

Aber wie soll euer
Dafür
denn aussehen?

„Anders“, sagt er.
„Das ist wenigstens ein Anfang.“

Ich gehe zur Seite und schaue an ihm vorbei.
Denn insgeheim bewundere ich ihn.

Stars - Sterne

Als er sagte, er würde für sie
die Sterne vom Himmel holen,
war sie empört.
- Kommunismus auf Erden,
Wo kommen wir denn da hin?

Zwischen den Zeilen

B ildend
U nd
E inprägsam,
C holerisch,
H eroisch,
E hrfurchtsam,
R evolutionär.

- Bücher sind schon seltsam.
Nichts als Buchstaben,
der Inhalt bleibt jedem selbst überlassen.

Bücher sind gefährlich.

Zwiegespräch

„Ich will nichts anfangen."
„Warum?"
„Ich habe Angst, es nicht vollenden zu können."
„Oder dein Angefangenes zu verwerfen?"
„Ja."
„Warum?"
„Weil ich Angst habe, andere könnten mir folgen."

Sinn und Sinnen

Suche nicht den SINN
in der SINN – losen SINN – lichkeit
des SINN – ens
für den SINN,
den es nicht gibt!

Denn der SINN
SINN – t SINN – lich!
Nicht SINN, steht
für SINN – lichkeit.
SINN – lich sein
ist SINN – en.
Nicht nach SINN,
sondern des
SINN – ens wegen!

Wind – flüstert von Frieden

Wind – flüstert von Frieden,
bläst durch die Nacht
Die Antwort stockt,
kommt nicht ans Ziel.
Wind – wird stärker – ruft.
Die Ohren stumm,
wollen nicht hören die Nacht.
Unendliche Tiefen so tief.
Weit gefallen – Dunkelheit.
Vom Wind verfolgt,
kehre dich um,
schaue ihn an.
Fliege mit dem Wind.
Wind – bleibt unendlich,
immer da!

Schattenbilder

Schattenbilder
bei Nacht im Nebelregen.
Gewollte Wege suchen.
Ohne Angst im Rücken
nach vorne blickend.

Durch Schatten hindurch
in der Nacht
dem Tag entgegen laufen.
Wege erkennen.
Wichtiges auswählen.

Regen bricht den Willen nicht.
Hindurchblicken zur Sonne.
Weitergehen.
Ohne Angst im Rücken
bei Tag ans Ziel kommen.

Gestrandet in der Wirklichkeit

Liegst erschöpft.
Nass.

Öffne deine Augen!
Siehe an.
Licht.

Vergangenheit und Zukunft jetzt?
Ist vorbei.
Kommt.

Wirklichkeit ist immer da.
Such sie.
Lebe!

Der Traum ist nicht alles.
Ist irreal.
Gedanke.

Der Moment

Ich lebe im Hier
und lebe im Dort.
Das, was jetzt ist,
ist nun schon fort.
Das eine, es geht.
Doch das andere, es kommt.
Das Vergangene war.
Das Jetzt ist nun da.
Doch geht schnell vorbei.
Der Moment, er zählt.
Doch nun ist er fort.
Nichts ist ewig
und ewig ist nichts.
Was heute gut,
ist morgen schlecht.
Was jetzt noch lebt,
ist gleich schon tot.

Lebe!

Lernend gelernte Kräfte nutzen

Lernend gelernte Kräfte nutzen.
Nicht querstellen.
Steine wegräumen.
Lernend lernen, was ich kann.
Nicht wegrennen
Vorangehen ans Ziel
und aus Gelerntem Nutzen ziehen.

Realitätsscherben

Die Kamera hält drauf.
Entsetzen.
Panik.
Verletzte Menschen.

Wer angefangen hat?
Egal.
Warum?
Auch egal.

Hauptsache live,
(wir müssen den Zuschauern doch was bieten!)

Der Blickwinkel zählt
und den bestimmen wir.
„He, Sie da,
raus aus dem Bild!
Sie passen nicht ins Konzept!“

Und die Kamera
hält drauf,
bis der Akku leer ist.

Annika Blanke und Cathrin Bleeker

Mal nachgedacht

„Und Sie, Prinz, sind ein Buch ohne Buchstaben, mit nichts als Gedankenstrichen."

Valerio in Georg Büchners „Leonce und Lena"

Die Jugend von heute

Nicht ob sie frei sind,
nein,
wozu sie ihre Freiheit gebrauchen sollen,

das ist die Frage.

Rational

Manchmal so sein
Logisch

Geht nicht

Denken bleibt

Herz ist da

Kopf
Fühlen?
Weinen?
Nein!

Logisch muss es sein
Verstand?
Ja!

Verstehen?
Nein!
Wieso?

Alles. Nochmal. Genauso?

Zwei alte Männer unterhalten sich am See.
„Wenn du dein Leben noch einmal leben könntest...?“
Opa wird aufmerksam.
„... würdest du alles genauso machen?“
Opa hält den Atem an.
„Nein...“
Opa schaut hoch.
„ich würde meine Brille bei Fielmann kaufen.“
Opa stellt den Fernseher aus
und weint.

Hungerstod im Supermarkt

Hungerstod im Supermarkt.
Angst im Feld der Liebe.
Schwarz im Sonnenschein.
Erbrechen ohne Nahrung.

Der Sinn ist fort.
Das kann nicht sein.
Wo bleibt hier die Vernunft?
Wo bleibt das Denken?

Lebensnot bei der Geburt.
Schnelle Fahrt im Stau.
Wasserfall in der Sahara.
Tränensturz bei Wassernot.

Das Leben hat den Sinn verloren.
Doch trotzdem ist es wahr.
Das Richtige ist fortgelaufen
und hat die Antworten vertauscht.

Literarische Abgrenzung

Nein,

er möchte nicht,
dass seine Werke Titel haben,
sonst könnte der Sinn
auf den Punkt gebracht werden.

Er möchte nicht,
dass man seine Werke analysiert,
sonst könnte der Sinn
interpretiert werden.

Er möchte nicht,
dass ein Foto von ihm veröffentlicht wird,
sonst könnte man sich
ein Bild von ihm machen.

Und das ist ja auch nicht wichtig.
Letztendlich geht es doch
nur um das Werk,
nicht um den Autor.

Oder doch?

Kein Tag

Kein Tag
und keine Nacht,
kein Leben
und kein Sterben
geht ohne Menschen.

Kein Denken
und kein Ergebnis,
kein Sein
und kein Kopf
geht ohne Fragen.

Kein Nichts
und kein Viel,
kein Ja
und kein Nein
geht ohne Mitmenschen!

Ein Liedtext, vielleicht

There's no doubt it will cure my pain,
but Tom only waits to go insane
to speak it out
his creed of greed.

These placebos don't work anymore
and I slowly open the door.
Here I am, the bad seed,
burned in a cave,
held in a cage.
Can't speak it out
my creed of greed.
How far can you go?
How much can you take?
If you know that there's
- still something to break
- something to change
- someone to please
at least.

But U2 will dare one day to speak it out
your creed of greed.
And the door keeps swinging...
And the world keeps twisting...

Manchmal frag' ich

Manchmal frag' ich,
manchmal sag' ich,
manchmal Nichts.
Wo ist hier?
Wo ist heute?
Wo ist jetzt?
Das Ungewisse, unerreichbar,
Wundervolle hier zu finden?
Doch hier, doch jetzt,
ist nichts, wie es soll!
Wann, wann kommt es?
Geht es?
Nimmt mich mit?
Fort, fort, so weit,
weiter, als es geht.
Kann nicht stehen, wo ich bin.
Laufen, rennen
nach dort drüben.
Denken, schneller denken
ohne Ende,
immer fort.
Nicht mehr sinnen, nicht mehr fühlen,
nicht mehr nicht sein,
endlich gehen!

„Trivialfreiheit“

„Siehst du, das ist die Freiheit,
wählen zu dürfen.“

Sagt’s und greift sich eins
der drei Plätzchen,
das mit Zuckerguss.
Nicht mit Schokolade oder Nüssen,
nein, das mit Zuckerguss.
Schmeckt am besten
und ist am leichtesten zu schlucken.

Ein Herz sagt:

Ein Herz sagt:
„Wo ist meine Seele?“
Ein Kopf fragt:
„Wo sind meine Erinnerungen?“
Ein Körper schreit:
„Wo bin ich?“

Und alles tanzt im Takt.

Ein Herz sagt:
„Ich bin traurig!“
Ein Kopf fragt:
„Was ist Freiheit?“
Ein Körper schreit:
„Ich habe Schmerzen!“

Und alles tanzt im Takt.

Nicht akzeptiert (und dazu noch pathetisch)

für eine Freundin

Wir sind nicht, wer wir sind.
Versteckt hinter einer Maske der Angst.
Der Angst, nicht akzeptiert zu werden.
Du bist unsicher, erschaffst dich selber neu.
Es klappt – du wirst bewundert und akzeptiert.
Doch man akzeptiert nicht dich...
...sondern nur deine Maske.
Dein selbst erschaffenes,
künstliches
perfektes
„Ich".

Doch du bist nicht perfekt,
hast deine Stärken und auch Schwächen,
musst sie dir eingestehen.
Sonst wirst du für immer mit dieser Maske leben.
Und ob sie sich jemals wieder löst
oder nicht vielmehr mit der Zeit erhärtet...?
...das finde lieber nicht heraus.

Denn du bist einzigartig auf der Welt.
Steh auf und lebe!

Ich habe schon gesehen...

Ich habe schon gesehen – Bäume,
wie sie sich wiegen mit dem Wind
und dann
von Menschenhand gestoßen –
am Abgrund sind!

Ich habe schon gesehen – Vögel,
wie sie vergnügt am Himmel schweben,
doch dann
sich durch Menschenhand
nicht mehr bewegen!

Ich habe schon gesehen – Kinder,
wie sie lustig Spiele spielten
und dann
durch Menschenhand geschlagen
endlos heulten!

Ich habe schon gesehen – mich,
wie ich im Spiegel lachen wollte,
doch dann
durch Menschenhand getrieben
zur Erde rollte!

Aber was sagen Dinge, die ich sehe?

Wir doch nicht!

Wirre Schlieren von ferne -
kommen heran von dahinten,
dort - von der Fabrik - dem Kraftwerk
man kann es sehen - wenn man WILL

Strahlend jubelt die Welt
der Zukunft entgegen
dort - wo sie sich nicht wehren kann -
gegen die Strahlen

Aber hier ist es ja nicht
WIR sind nicht BEDROHT - verantwortlich
DIE dort müssen TUN
WIR doch nicht

Langsam schleichen sie weiter -
Schlieren von Schmutz und Strahlen
bis es EGAL ist WER es war
und die ERDE wird GRAU!

Zu guter Letzt

Mein Gott,
warum müssen denn alle
immer so
verallgemeinern
?

Danksagung

Wir danken:
dem Leben,
den Eltern,
den Freunden,
den Fremden,

denn wenn sie nicht gewesen wären und nicht so wären, wie sie heute sind, wären die Texte auch nicht so geworden, wie sie sind.

Wir danken:
unseren Vorbildern,
den Büchern,
denn sie haben uns gezeigt, wie man seine Gedanken formulieren kann.

Annika Blanke und Cathrin Bleeker,
April 2002

Und außerdem:
Annika dankt somit unter anderem konkret:
Mom und Dad für ihr Vertrauen und „den
richtigen Lesestoff zur richtigen Zeit“, mei-
ner besten Freundin Kathi für´s immer-da-
sein-und-Zuhören, den „green toma-toes“
für die schönen Momente, Lilo für die Un-
terstützung und die interessanten Diskus-
sionsnachmittage sowie dem Labyrinth-
meister und Fackelträger H. T. Reliwette für
den Einblick, dass etwas „Quer - denken“
auch ganz nützlich sein kann.

Ich grüße außerdem: meine „restlichen Ver-
wandten“, meine Brieffreundin Meike, Si-
mon „Karlos Kolumnos“ Block, Footcare
(Grüße zurück), meine Leistungskurse und
das TGG generell, speziell unseren Abitur-
Jahrgang 2003 ... youth4future.

Cathrin dankt allen die mitgeholfen und
immer (freudig) unterstützt haben. Danke
für's Zuhören, Durchlesen, Mitdenken... und
was ihr sonst so ertragen musstet!

Inhaltsverzeichnis

Mal nachgedacht

So haben sie mit dem Kopf und dem Mund
den Fortschritt der Menschheit geschaffen.
Doch davon mal abgesehen und
bei Lichte betrachtet sind sie im Grund
noch immer die alten Affen.

Erich Kästner, „Die Entwicklung der Menschheit“